句集

風韻

Fuuin

大井東一路

文學の森

序

　大井東一路さんは平成24年11月15日、米寿を迎えた。同月24日、米寿ならびに大井さんの新著『私の青空』の出版を祝う会が松戸市の森のホール21で催された。私も末席を汚した。

　その時驚いたのは、千葉県議会議員、松戸市議会議員など政治・行政に関わる人の出席が多かったことである。席上祝辞を述べたのもそうした人たちであった。東一路さんと私は俳句を通じて知り合い「百鳥」の仲間として付き合って来たので、これにはいささか驚いた。ここ20年ほど、私の出席する祝賀会・記念会の類はおおむね俳句に関わるもので、出席者も祝辞を述べるのも殆ど俳人であった。東一路さんの祝賀会もそうした会だと思って出席したので、祝辞を述べたのが殆ど政治関係・行政関係の人だったことに吃驚したのである。因みに、東一路さんとは何回も句会を共にし、句会のあと飲み会にご一緒したこともしばしばだったが、政治や行政に関わる話をした記憶はない。

しかし政治・行政関係の人人が多い理由はすぐ分かった。席上配布された「お礼の言葉」にはこう記してある。〈この度は私の米寿ならびに出版記念の会にご出席賜り誠に有り難うございました。(中略)。私がこの陸軍の練兵場であった稔台の地に来てから六十八年という年月が流れました。いつの間にか、いわば私が開拓の最後の生き残りのような存在になっていたわけです。そこで、この稔台開拓地の全く無の歴史から、今日の新興住宅地への変貌の道のりを書き残しておきたいという発想から、この「私の青空」という本を書いたわけです云云……〉。そうだったのか。東一路さんとこの稔台とは切っても切れない深い関係にあったのだ。東一路さんは稔台地区の開発・発展に多大の貢献をしてきたのだ。

当日配布された大井藤一郎著『私の青空』（大井藤一郎は大井東一路の本名）によると、東一路さんは昭和19年9月30日に日大高等師範部を繰り上げ卒業、同年10月15日、市川国府台にあった野戦重砲兵東部第七十三部隊に入営している。昭和20年8月15日、日本はポツダム宣言を受諾し、敗戦国となった。東一路さんは、一枚の紙切れ「八柱作業場開拓機構ノ概要」を持って復員した。敗戦直後に軍隊で手渡された紙切れである。そこには〈お前達が故郷に帰って、家が焼かれてないとか、仕事がないとかの場合、陸軍の八柱演習場開墾の仕事がある。真面目にやって成功すれば一町歩（約三〇〇〇坪）の土地を払い下げる〉という意味のことが記されていた。浅草生れ浅草育ちの東一路さんには開拓の仕事・農業の仕事がどんなものか見当もつかなかったが、家族と共に生き抜くために開墾作業に従事する決心をしたのだ。

そして、筆舌に尽くし難い苦労を克服して開墾作業を成し遂げた。その後の東一路さんはまさに獅子奮迅の活躍、さまざまな困難苦難を乗り越えてひたすら自らの道を突き進んだ。大井製菓工業や新店舗「フラミンゴ」の経営に汗を流し、昭和41年には松戸市議会議員に当選、以後12年間市政に従事している。又、この間、稔台工業団地の造成に誠心誠意努め、稔台保育所の誕生や稔台小学校の誘致運動など地域密着型の仕事に励んでいる。

こうした地域への貢献が評価され、県議会・市議会関係の人人が祝辞を述べられたのだ。私は祝賀会に出席し、著書『私の青空』を読むことによって、東一路さんの知られざる一面を知ることができた。

さて、話を俳句に切り替える。句集『風韻』の目次を見ると、「新年・春の部」「夏の部」に続いて「海外俳句」（ヨーロッパ）とあり、そのあと「秋の部」「冬の部」と続く。普通、句集は四季別に編集するか年代順に編集するが、『風韻』では「海外俳句」が真ん中に入っている。何故だろう。そのヒントは「海外俳句」の部に出てくる次のような句にある。

寂けさに絵を描きをればリラ匂ふ
麦秋や画帖にじます通り雨
一刷毛に描くアフリカへ虹の橋
白日傘ゴッホの墓にゆらと出づ
大聖堂描きて夏の旅終はる

いずれも絵画に関わる句である。そう、東一路さんは絵を描くためにヨーロッパへ出かけたのである。『私の青空』には次のように記されている。〈絵については、十数年にわたり、スケッチ画を菊地健蔵先生に、油絵を高橋敬先生に習って、結構一生懸命やった積もりである。特に松戸の常盤平に住む帰山さんという旅行社の社長の案内で欧州スケッチツアーに十五・六回も参加することができ、ヨーロッパの隅から隅までスケッチの旅を楽しんだことは、終生忘れられない思い出になっている〉。今、「海外俳句」の部から絵画に関わる句を挙げたが、国内の句にも絵画に関わる句がある。たとえば次のような句である。東一路さんは国内外を問わず、広く絵を描いて回ったのだ。

安曇野へ大き画布置く五月かな
花梯梧純白の画布海へ立つ
炎天下しづかに原爆ドーム描く
空赤く赤く塗り子らの原爆忌
燃ゆるもの欲し冬空を朱く塗り

東一路さんの絵が好きな私は、平成9年の秋から「百鳥」の表紙絵に東一路さんの絵を使わせてもらうことにした。最初の10月号は「ワイン街道（フランス）」で、その後「ミラノ大聖堂」「オーセール初夏」「リクヴィール」「ヴェネチア」「チェファル」「タワーブリッジ」

「ストラスブルグ」「サントリーニ島」「風車のある風景（ブルガリア・ネセバル）」「アンジェ市街（フランス）」「イタリア・コモ湖」「スペイン・トレド」「ベルギー・ディナン」と続く。これらは海外の絵であるが、平成17年以降は、国内の絵も登場する。「柴又帝釈天」「川越時の鐘」「大浦天主堂」「小樽運河」「門司港・国際友交記念図書館」「倉敷東町」などがそれである。東一路さんの表紙絵は好評で、今や「百鳥」のトレードマークになっている。

「海外俳句」の部には、絵に関わる句以外にも好きな句が多い。内5句を次に挙げる。一つ言い添えると、東一路さんは日舞・書道・絵画・俳句・歌舞伎など多趣味の人だが、俳句・絵画はすでに単なる趣味の域を超えていると思う。

雪解水豊かに城の街めぐる

国境はラインの流れ柳絮舞ふ

旅人へ薔薇投げて行く婚の馬車

薔薇真つ赤パリ革命の日なりけり

旅人にワイン振る舞ふ村まつり

以下、紙幅の関係もあるので、「新年」・「春」・「夏」・「秋」・「冬」の部から一句ずつ抽出して感想を記す。

妻と泊つ出で湯を今日の恵方とす

恵方とは〈古くは正月の神の来臨する方角。のちに暦術が入って、その年の歳徳神のいる方角〉（広辞苑）であるが、この句では、「妻と泊つ出で湯」を「今日の恵方」とする、と言っている。そこに妻に対する敬愛の念が強く出ている。東一路さんと妻・京子さんはあの大変な時代（戦後の開墾時代）に結婚している。食べてゆくのが精一杯の時代であり、結婚式も挙げることができなかったという。

『私の青空』一巻を読んでいると、京子さんの良妻賢母ぶりが窺えるが、私が最も感銘したのは、東一路さんが市議会議員を辞して県議選に出馬し、落選した時の話である。その一節を引く。〈県議選の落選によって、四千万もの借金が出来たことが妻にも知られ、妻は烈火のごとく怒り、選挙事務所に乗り込んできた。折から選挙事務所では幹部が集まり、敗因を分析し、今回次点で落選したのだから、次回こそ雪辱を遂げようなどと議論している最中にやって来たのである。開口一番「あなたたちは、これ以上うちの主人をおだてないで下さい。この四千万もの借金は一体誰が払うんですか。こんなことが続けば大井家は破産します。絶対選挙はやめにして下さい」と切り口上でまくし立てられた。（中略）。この妻の発言によって、多くの人には嫌な思いをさせ、今から考えると、男としては格好は悪かったが、結果的には政治から身を引くことが出来たわけで、土壇場における女の力の大きさを今更ながら思い知らされたのである〉。こうした経緯を経て、東一路さんは政治活動から身を引き、〈稔台連合町会を中心とする地域社会の活性化・文化活動・スポーツ振興・地域開発などに尽力〉することになった。妻・京子さんの功績は大きい。

揚げ凧の手応へを子に渡しけり

凧が空に揚がりきったところで凧の糸を子に渡した。「揚げ凧の手応へ」を渡したと言ったところに実感がある。この句のほか『風韻』には「はひはひの子がてふてふに近づきぬ」「さくらさくら童女の舞のあえかなる」「リヤカーに子を乗せ七夕竹を乗せ」など「子」の句があるが、これらはおそらく孫や曽孫を詠ったものであろう。東一路さんは米寿を迎えた時、美穂子さん（「百鳥」同人）たち5人の子どもが立案・実施した家族旅行に参加している。そこにはもちろん孫・曽孫たちも加わり、東一路さん夫婦を楽しませてくれたに違いない。青・壮年期の艱難辛苦に耐えぬいて迎えることの出来た至福のいっときである。

かたつむり一兵卒の生きてをり

この句について東一路さんはこう述べている。〈京都で開催された「丹後俳句大会」に、主宰や百鳥の仲間と一緒に参加した。当日句に応募した結果、この句が、運よくも主宰の第一席となり、更にその日の最高点となった。／昭和十九年に現役兵として陸軍に入営した。一兵卒として終戦を迎え、その後九十一歳を迎えた今日までなんとか元気に生きてきた。戦争で多くの友人、知己を失ったが、こうして幸いにも生き残った今、二度と戦争のないように平和を祈っていきたいと思う〉（「百鳥」平成28年9月号「自句のほとり」より）。戦後70年以上経った今も、東一路さんの胸から戦争の記憶は消えていない。『風韻』には「予科練の少年の笑みうららけし」「旧陸軍一等兵の端居かな」などもある。

夕花野微熱のごとき色残す

秋の草花が咲き乱れる花野を夕陽が照らしている。やがて陽が沈むと花野は柔らかな残照につつまれる。その静かな光景を「微熱のごとき色」と言ったところがユニークで惹かれる。句集『風韻』には直喩の佳句が多い。たとえば「風船売り月面歩むごと来たる」「羽抜鶏チャップリンのごと歩み来る」などがそれである。これらはファンタジックで楽しい句だが、逆に悲しく淋しい句もある。「涸るる沼棺のごとくボート浮く」「もののけのやうに真白し返り花」などがそれである。思い切った直喩を用いることによって句の明暗を際立たせている。「月面歩むごと」「チャップリンのごと」の明、「棺のごとく」「もののけのやうに」の暗がそれである。

燃ゆるもの欲し冬空を朱く塗り

「燃ゆるもの欲し」と言い「冬空を朱く塗り」と続けたところが東一路さんらしい。「朱く塗り」が生への意気込みを感じさせ、作者の前向きの人生態度を思わせる。この句は冬の句であるが、春の部には「散るさくら華ある老いを願ひけり」があり、夏の部には「向日葵や死ぬまで胸に燃ゆるもの」がある。いずれも生への意欲を感じさせる句である。かつて「俳画集」を刊行した時の言葉〈人間は何か自分の情熱を注ぎ込む物が必要なのではないだろうか〉も思い出させる。90歳を越えた今、東一路さんは何に情熱を注ぎ込むのだろう。俳句だと思う。かの芭蕉も「俳諧は老後の楽也」と言っている。

妻と子の病みたる春の寒さかな
ニコライの鐘初蝶を放ちたる
菜の花へ太平洋の日の出かな
旅先に酒ひとり酌む父の日なり

祭髪をとこ言葉を飛ばしけり
まぼろしの焼酎まなこ凝らし飲む
サイダーの泡青春のプロローグ
生身魂皆が笑へば笑ひけり
鶏頭の信じ切つたる赤さかな
風の音水の音山眠りけり

私の心に残るその他の句を10句と限って挙げた。大井東一路さん、句集『風韻』の上梓おめでとうございます。

平成28年7月

大串　章

句集　風韻◇目次

装画・題簽　大井東一路
装丁　宿南　勇

句集

風韻

ふういん

新年・春の部

桃割れの繭玉に手を触れて行く

妻と泊つ出で湯を今日の恵方とす

終幕は雪となりけり初芝居

海老蔵の睨みに惚れて初芝居

白魚を掬ふ水ごと光ごと

遺句集はワープロ仕立て余寒なほ

寒山拾得立春の庭掃いてをり

妻と子の病みたる春の寒さかな

薄氷や運河に浮かぶ新聞紙

春寒や遺言状を子らに見せ

剪定や切つ先空を広げゆく

旧正や火伏せの札の剥がれをり

花ミモザ南の島へ嫁ぎけり

魚は氷に上り勲章貰ひけり

湖底へ沈む村なり春田打つ

仲見世に灯の入りたる朧かな

綿飴をつまんで春のうやむやに

ジーンズの女落語家雛まつり

竜天に上りて子らの唄ひ出す

朧より落ち来る滝のやはらかし

子が飽きて母が吹きゐるシャボン玉

甲斐連山烟りて花の種を蒔く

ニコライの鐘初蝶を放ちたる

朝の雉清流に顔洗ひけり

廃校のオルガン朧踏めば鳴る

佐保姫の褥に雨のやはらかく

東大出て落語家志願鳥雲に

風船売り月面歩むごと来たる

蛇穴を出でて株価の暴落す

フランスパン棍棒のごと抱きて春

追切りの馬の尾美しき春野かな

まはれまはれオランダ風車つばくらめ

思ひ切り投ぐるかはらけ鳥雲に

予科練の少年の笑みうららけし

つくしんぼをさなき槍を揃へけり

車庫に入る電車の尾灯おぼろかな

春風や七半を駆るをんなの子

春愁や公家の出といふ妻を持ち

歩み来し道長かりき干鱈嚙む

円空の手彫り千体春うらら

鯨尺の裏に母の名陽炎へり

陽炎の奥より競歩の選手来ぬ

嗄れ声を虚空に鶴の帰りけり

ハンググライダー芽吹きの丘を離れけり

つちふるや野に伴天連の墓いくつ

好きな樹に好きな時来て囀れり

揚げ凧の手応へを子に渡しけり

小面の囁いてをり春の闇

佐保姫のまばたき程の風の音

かげろふや卑弥呼の墓を掘るといふ

水美き日出づる国へ黄砂降る

榛の芽の吹かれて雫光りけり

春ショール出町柳に待ち合はす

波音に機音まじる朧かな

欅の芽この青空は君らのもの

亀鳴くや朝より震度五の地震

春灯や止まり木に飲むハイボール

夢殿の反りうつくしき鳥の恋

はひはひの子がてふてふに近づきぬ

廃校のふらここの綱切れてをり

猫八のやうに鶯鳴きにけり

接ぎ木して父晩節を全うす

原発の見ゆる北窓開きけり

校庭の記念樹に来て囀れり

青春は戦火の最中鳥雲に

花の雨墨堤に灯の点りたる

菜の花や試歩の口笛軽く吹き

頬白の籠を大事に登校す

包装紙江戸名所図絵桜餅

三百年お洒落に枝垂れ桜かな

新入社員挙兵の寺に集ひけり

散る桜ポルトガル語の墓いくつ

闘鶏師腹巻に挿す銀煙管

蝌蚪の紐けむりのごとく流れゆく

逝く春を画布の女と向かひをり
散るさくら華ある老いを願ひけり

菜の花へ太平洋の日の出かな

ひもすがら風の語り部竹の秋

信長の城全山の花吹雪
飛花落花華やかに水とどこほる

海女デビューバイク飛ばして来たりけり

さくらさくら童女の舞のあえかなる

藤房の冷たき肌に触れてみし

勝鶏に秘伝の餌を与へけり

花蔭に朝市の荷をほどきけり

震災の友から届く花便り

葬列を見送つてゐる葱坊主

廃校に五玉そろばん啄木忌

ふるさとに捨て来し記憶啄木忌

荷風忌や手に銭湯の回数券

どしやぶりの離宮に春を惜しみけり

夏の部

安曇野へ大き画布置く五月かな

紙幟たてて飯場の母子かな

一湾の絣模様や卯波寄す

炎の画家に炎のリズム麦嵐

新樹光陶板に緋の走りけり

広め屋の腰振つてゆく薄暑かな

藤のトンネル薔薇のトンネル風渡る

同窓の訃報また来る余花の雨

書くほどの賞罰も無く花は葉に

薔薇溢る墓に兵士の顔写真

麦秋や名主の門に赤ポスト

跡継ぎののびのび育ち鯉のぼり

淀みなき源氏の素読清和かな

余花の雨風にめくれし千社札

点滴のベッドにやはき新樹光

高高と瓦礫卯の花腐しかな

この里は隠れ伴天連罌粟の花

老いらくの田舎暮らしや草苺

ルーキーの先づは一勝若葉風

母の日や墓に折鶴置かれあり

新緑の海に溺るる如く座す

旅先に酒ひとり酌む父の日なり

かたつむり一兵卒の生きてをり

黒揚羽切り絵のやうに眠りけり

横書きの青春句集さくらんぼ

洗ひ仏夏日に束子干されをり

喇嘛僧の素足が歩く銀座かな

夕映えに玉葱吊す梯子かな

祭囃子祭の空へゆきわたり

御田植祭湯文字の婆が畦を跳ぶ

黒揚羽雪舟の海渡りけり

かたつむり真実一路の碑にすがり

葭切や桟橋に掛く古タイヤ

田を植ゑてアンソロジーを纏めけり

荒梅雨や地蔵祈りの手を解かず

梔子や寺に真っ赤な消火栓

唄ふごと西行庵の藪蚊かな

波音におけさ涼しく踊り出す

瀬戸内へ細き坂道菖蒲葺く

引率の見習ひ保母の素足かな

父の日の鯛の目玉をしやぶりけり

大聖堂薫風に画布広げたる

渓流にシテ舞ふ如し黒揚羽

六本木ヒルズ香水のガードマン

粗壁に藁の浮き出す梅雨入りかな

跡継ぎの小学生が水を打つ

高下駄の水打つてゐる宵の口

ハンモック甲斐駒が見え槍が見え

白靴を下ろし背筋を伸ばしけり

羊追ふ少年の声風薫る

四輪駆動車素足すらりと降りて来ぬ

百年の店畳みたる端居かな

二の腕に髑髏のタトゥー朱夏来たる

大見得の写楽ののれん朱夏の店

旧陸軍一等兵の端居かな

父の日や企業戦士などと呼ばれ

桜桃忌貸し傘ありの札下がり

棺に置くスコットランドの夏帽子

祭髪今年は嫁にゆくと言ふ

祭髪をとこ言葉を飛ばしけり

扇風機ひとり碁盤に向かひをり

大虚子の句碑黒黒と雲の峰

黒南風や行灯点す漁師宿

出航の銅鑼へ日傘を開きけり

敦盛草咲かせ予科練記念館

寄せ書きの日の丸広げ父の日なり

生涯を僻地の暮らし蝸牛

まぼろしの焼酎まなこ凝らし飲む

夢を食ふ獏の夫婦の昼寝かな

朝顔市団十郎の売れ残る

鮒鮨やむかし明智の城下町

噴水の風と織りなすファンタジー

サイダーの泡青春のプロローグ

大揚羽石庭の海まほろばに

天守より忍びのごとく黒揚羽

緑蔭へ大事に稚を下ろしけり

竹簾巻き上ぐ佐渡の見ゆるまで

黒南風や岬に残る子守唄

濃紫陽花雫に色のなかりけり

黒揚羽手品のやうにあらはれし

雷浴びて女の髪の匂ひけり

昼顔の群落戦車が踏んで行く

花梯梧純白の画布海へ立つ

半夏生分校のオルガンもう鳴らず

闇を出で闇に消えたり黒揚羽

牛蛙夜通し月を呼んでをり

太平洋へ祭り屋台を組み上ぐる

水打つて路地に平和の暮らしあり

祭半纏ふはりと棺にかけてやる

街道の茂りに江戸の木遣り塚

鍬形の入つてゐたる弁当箱

遺されし重き一言胡瓜揉む

朝市の地割りに小さく水を打つ

ショパン聴き山小屋に星満たしけり

かたつむり生涯無口通しけり

朝靄に鮎刺す串を削りをり

燦燦と光深深と青葉山
くちなしを咲かせて隠れ切支丹

炎天を漢来て鶏摑みけり

捕虫網父が先頭走りけり

夏季研修東司に喝の一字あり

浜茄子に触れ遠き日の刺に触れ

切り株に麻の座布団山の駅

羽抜鶏チャップリンのごと歩み来る

遠花火ふるさとに母ひとり置く

甚平の正座して聴くクラシック

落書きの塀へ西日の届きけり

浜木綿やハングルの箱流れ着く

浜木綿や破船の櫂の横たはる

隠居して南瓜の花に囲まるる

炎天下しづかに原爆ドーム描く

捕虫網風引っ張って走りけり

浜茄子や島の子島を捨ててゆく

ホッチキス止めの句集を曝しけり

白南風に聴く牧水の酒の歌

向日葵や死ぬまで胸に燃ゆるもの

四万六千日母さんに買ふメロンパン

花火師の忍びのごとく走りけり

別荘に競売の札月見草

蟬時雨宝塔一つ暮れ残る

海外俳句

（ヨーロッパ）

空港にうどんをすする薄暑かな

花ミモザ颯爽と黄の似合ふひと

竜天へ上る爆音定かなり

雪解水豊かに城の街めぐる

囀りや見知らぬ人と乾杯す

凍返る夜の空港に無口なる

花すみれ童女となりて走りけり

ものの芽や大地の鼓動確かなる

神殿の列柱白し鳥雲に

僧院の軒に愛の巣つばくらめ

国境はラインの流れ柳絮舞ふ

道端に焼栗嚙んで春惜しむ

寂けさに絵を描きをればリラ匂ふ

こでまりや少年ドリブルして来たる

菜の花の絨毯村に塔一つ

機嫌よく牛啼き林檎花盛り

旅人へ薔薇投げて行く婚の馬車

母の日のカリヨンに耳澄ましけり

秘められし少女の日記マロニエ咲く

カリヨン鳴る五月の空と別れけり

北国の色の貧しさ花いばら
麦秋や画帖にじます通り雨

麦秋や墓守の弾くヴァイオリン

手鞠花こころやさしき人とゐて

手鞠花キャンドルに灯を点しけり

薔薇の門少女巨犬とあらはるる

絵硝子の聖母五月の青澄めり

薔薇真つ赤パリ革命の日なりけり

金雀枝や指笛に牛動き出す

人形のまなざし遠し海の虹

手拍子に舞ふ夏帽の羽根飾り

麦酒飲む路傍の卓や昼の月

絵ガラスの風鈴が鳴るレストラン

薔薇真白ゲーテの庭を訪ねけり

一刷毛に描くアフリカへ虹の橋

駒鳥にシャンパンの杯上げにけり

夏空やパントマイムの眼のうつろ

夏雲やチロルの村の絵看板

銭を乞ふ裸足の子らに囲まるる

道問へば杖で地図描く夏帽子

晩涼や壁に真白きデスマスク

羊飼ひの少年虹を追ひかけて

聖堂の闇に駆け込む白雨かな

牛飼ひの唄の聞こゆる夏野かな

白日傘ゴッホの墓にゆらと出づ
万緑や天才の墓ものの言はず

地下牢の螺旋階段黴匂ふ

夏の灯や自画像の髭薄笑ひ

跳ね橋の跳ねて真白きヨット来ぬ

朝涼の運河に白き塔の影

地の塩となれず懈怠の昼寝かな

夏つばめ凱旋門を住み家とす

勲章を下げ老兵の夏帽子

塩田の水車の止まる暑さかな

噴水のくすぐつてゐる雲白き

歳時記の夏の部読んで眠りけり

緑蔭やベンチに老いし尼二人

牛飼ひのセーヌに草矢放ちけり

大戦の真白き墓標草茂る

大夏野戦史と墓の遺りけり

火の山の噫ぶや白雨沛然と

鼻高の魔女より氷菓恵まるる

向日葵の燃え尽き地中海の碧
青メロンマチスの色と思ひけり

壁掛けの聖母子像に紙魚の痕

日盛りのギターへ投げし一フラン

物売りの物の貧しさ砂日傘

あやつりの恋のしぐさや夜の秋

大夕焼け大西洋に立ち尽くす

をんなひとりプールに泳ぎ音もなし

旅人にワイン振る舞ふ村まつり

村祭りヨーデルの声鳥の声

身に沁むやコーラン谷をわたりくる

大枯野夜汽車の笛を聴きて眠る

冬青空セーヌ河畔の切手市

氷原のゆるみも見えず光りをり

大聖堂描きて夏の旅終はる

望郷や噴水の揺れしばし見て

秋の部

生身魂皆が笑へば笑ひけり

三日三晩踊り明かして嫁ぎけり

椿の実熟れ海女小屋を閉ざしけり

噛み砕く一粒の豆原爆忌

新涼の篦に陶土の乾きをり

メトロ出てかなかなの道歩みけり

獅子頭脱ぎ新涼の貌となる

かなかなや遠流の島の能舞台

リヤカーに子を乗せ七夕竹を乗せ

草市へ背負子の赤子下ろしけり

星祭り氷河の水を買つて飲む

新涼やすり足に茶を運び来る

生身魂大風呂敷を広げけり

空赤く赤く塗り子らの原爆忌

廃船の肋にからみ葛の花

赤とんぼ一揆の寺に集結す

子規の忌の自画像の影青く塗る

素人芝居涙で終はる夜長かな

鬼太鼓の止めの一打月へ打つ

曼珠沙華鉄路の錆の匂ひけり

鶏頭の信じ切つたる赤さかな

夕映えや藁塚の清しく積み上がる

寄席を出て占ひに寄る夜長かな

父と子とポニーと羊秋うらら

猫じゃらし発光体となる夕べ

句読点嫌ひの作家蚯蚓鳴く

唐辛子吊してひとり暮らしかな

蓑虫や風来の道貫ける

トレーラー花野に牛を下ろしけり

星飛んで空に余韻の残りけり

ワンカップ墓に置きある秋思かな

岩木山晴れチャグチャグの馬肥ゆる

夕花野微熱のごとき色残す

金賞の菊泰然と枯れてをり

日照雨来て艶めき増しぬ曼珠沙華

糸瓜棚三弦教授の札揺るる

銀漢や眠りに落ちし隠岐島

棚田百枚海へ落ち込む曼珠沙華

秋うらら島に五人の鼓笛隊

流星やあたら女流カメラマンの死

雨降れば雨の明るさ葉鶏頭

大見得の子ども歌舞伎や小鳥来る

五百羅漢秋思の貌を並べけり

佳きひとと良き語りある夜長かな

乳呑児に青き隈取り村芝居

江戸古地図開きて秋を惜しみけり

定年の貌もて男障子貼る
崩れ簗月すさまじく流れけり

どんぐりに顔描き野草指導員

伏流水噴き出す宿や走り蕎麦

菊人形吉良には菊の花着せず
銀杏黄葉フィナーレはかく華やかに

冬の部

しぐるるや蕎麦屋の壁に江戸古地図

もののけのやうに真白し返り花

娘二人家に居座る枇杷の花

反骨を貫く余生海鼠噛む

返り花わけありさうに咲いてをり

鷹匠の拳を鷹は信じけり

十二月八日の恋の行方かな
杖曳いて枯野の人となりにけり

句碑ひとつ黒黒とあり枯木山

羽子板市睨みに力なかりけり

廃業の札に日当たる寒さかな

冬薔薇生涯プリマを通しけり

恐竜のごとき島影冬の月

涸るる沼棺のごとくボート浮く

マスクしてますますまなこ美しく

煤逃げの漫画喫茶に籠もりけり

牛丼を掻き込んでゐる一茶の忌

友の訃や今宵は燗を熱うせよ

大川の夕日が好きでゆりかもめ

廃校に残る校碑と大冬木

冬あたたか被災地へ嫁来るといふ

大枯木天上天下無一物

語り出す前の静けさ雪の音

野晒しの能舞台より雪女

燃ゆるもの欲し冬空を朱く塗り

風の音水の音山眠りけり

跋

散るさくら華ある老いを願ひけり

大井東一路さんは、今年めでたく92歳を迎えられました。この句は今から22年前、平成6年の桜を詠まれたもので、古稀を目前にした感懐が述べられています。平成6年といえば「百鳥」創刊の年です。ここでは老いに対峙しながらも、自身の老いはまだ少し遠くに置いて、他人ごとのように眺めている感があります。

平成8年「百鳥」5月号の自己紹介欄〈こんにちは〉に、次の文章を寄せられています。

昭和四十年代に、私の近所に俳句のうまい人がいて、俳句で遊びながら一杯やりませんか、という調子で俳句に誘われたのが始まりです。その方を中心に同好の士が集まって、何となく俳句会らしきものを作ってから、かれこれ二十年以上、無党派の俳句会が続いたわけです。

私が本当に俳句に目覚めたのは、比田誠子さんのお世話で「百鳥」に入会してからです。結社の経験のない私にとっては、びっくりすることの連続でした。俳句というものは、なるほどこの位熱心にやらなければ、ものにならないんだということを、つくづく思い知らされたわけです。

この年になって、今更遅いかもしれませんが、人生長生きの時代ですから、心機一転、青年のような気持ちで、皆さんの驥尾に付して頑張ってみたいと思っております。

そういえば丁度その頃、大井さんの奥様から訊ねられたことがあります。「うちの人に何かありましたか？　最近変なんですよね。部屋に閉じこもって何時間も出てきません。あんな真剣な顔は見たことがありません」と。「散るさくら」の句と同時掲載句に「此の道を生きるほかなし放哉忌」があります。そうなのです。大井さんは「百鳥」創刊と時期を同じくして、心機一転、青年のような気持ちで俳句に真剣に取り組むことを決意されたのです。

私と大井さんとの出会いは、「百鳥」創刊から遡ること15年前、私が松戸市に転居して来た昭和54年のことです。大井さんが、天職として懸命に務めてこられた政治活動から身を引き、人生の目標を百八十度転換させた、丁度その年と重なります。

当時、55歳の働き盛りの大井さんが、なにゆえに心骨注いでこられた政治活動と全ての事業を一切断って趣味三昧の生活に入られたのか、その経緯については大串章主宰の温情溢れる序文に懇ろに記されてあります。その時大井さんは「政治以外のことなら何をやってもいい」という奥様の御墨付をいただいたのです。以来その言葉を忠実に守り、実に堂堂と第二の人生を歩き出されたのでした。ここでも大井さんの一本気な気性が窺えます。

大井さんは大正13年11月15日浅草に生まれ、浅草で育ったちゃきちゃきの江戸っ子です。米寿を記念して出版された自著『私の青空』の中にも、「私は、いわゆる江戸っ子の典型的な損得に関係なく、世のため人のためならどんどん来い、といったような性格で……」とあります。また、話しているとひょいと江戸訛りが出てきます。「朝日新聞」が「あさしひんぶん」に、「ひ」と「し」が見事に入れ替わります。それが田舎者の筆者からみれば粋でかっこいいのです。

鶏頭の信じ切つたる赤さかな

牛蛙夜通し月を呼んでをり

熱燗や怒りなかなか治まらず

反骨を貫く余生海鼠噛む

向日葵や死ぬまで胸に燃ゆるもの

これらの句には、江戸っ子の気風の良さと己に立ち向かう気骨が漲っています。「江戸っ子は五月の鯉の吹き流し、口先ばかりはらわたはなし」という狂歌があります。ぽんぽんとぞんざいな口をきいても、腹の中は淡泊で悪意はないということだそうです。そんな江戸っ子気質そのままに、一途に、爽快に、時には粋に、軽妙に今日まで歩んで来られました。

蓑虫や風来の道貫ける

この句から思い出す森澄雄氏のことばがあります。少し長いので掻い摘んで言いますと、〈「諷詠」というのは、風に触れて詠うということ、それは大きく造化につながっていく言葉であろう。風に触れるということは、そこに解放されたよろこびがあり、むしろ深く人間存在の根本に触れてゆくところがある。言ってみれば一種の無頼の精神がなければ喜びとならないし、もっと大きく人生を遊んでおかないと喜びとはならないであろう。(『俳句のいのち』——無頼としての花鳥諷詠——)〉。

このことばから、今日まで無頼に闊達に命を運んできた大井東一路という一人物の存在の根源的な在り方が迫ってきます。稔台開拓の礎を築き、政治とはきっぱり縁を切った後も、地域社会の発展と整備に力を尽くしてこられました。そして今なお地域の文化活動の要に居て、一度きりの人生を皆が自由に楽しく過ごせるよう積極的に働きかけています。皆の喜ぶ姿を見ることが、大井さんの何よりの喜びなのです。

燃ゆるもの欲し冬空を朱く塗り

さて、大井さんを語るとき忘れてはならないのは画家としての一面です。

平成9年10月号より「百鳥」の表紙を飾ってきた数数の淡彩画が思い出されます。今日までの約20年間に、海外で描かれたものが17枚、国内が6枚で、全て現地に足を運んでスケッチされたものです。この表紙絵は「百鳥」の顔として、他結社にまで広く親しまれています。

掲句は70歳の時、イタリア旅行で立ち寄ったミラノ大聖堂で得たものです。その時描かれたスケッチ画は、平成10年1月号から6月号まで「百鳥」の表紙に使用されましたが、空は淡い水色でした。その後100号の油絵におこされたとき空は朱く塗り替えられ、4年を経て『ヨーロッパ画俳の旅』の表紙のカバーとして再登場したのです。大井さんの芸術家魂が火を噴いたのを目の当たりにして、感動したことを覚えています。
大井さんはこれまで還暦を自祝して『奥の細道スケッチ紀行』を、75歳の記念に『ヨーロッパ画俳の旅』を、傘寿には『旅を描く』と、3冊の画集を出版されています。画集といっても、勿論それぞれに自作の俳句が鏤められています。

旅人へ薔薇投げて行く婚の馬車
麦秋や画帖にじます通り雨
金雀枝や指笛に牛動き出す
一刷毛に描くアフリカへ虹の橋
羊飼ひの少年虹を追ひかけて
白日傘ゴッホの墓にゆらと出づ
牛飼ひのセーヌに草矢放ちけり
日盛りのギターへ投げし一フラン

これらの作品は全て『ヨーロッパ画俳の旅』に収録されたものです。現場主義に徹した海外詠は、簡潔にして明快、読む者を幸せな気分にしてくれます。

大井さんの旅はもとより俳境を求めたものではなく、絵を描くことが先行しています。ちなみに、「画俳」とは、写真家で俳人の伊丹三樹彦氏が名乗った「写俳亭」を捩って、ご自分で命名したそうです。その辺りの心情を画集の前書き「私の趣味と人生」にこう綴られています。

（前略）。今の私の心境では、絵だけで画集を出すのも気が引けるし、さりとて句集を出す程の力はないし、まあまあ絵と俳句の二本立なら、何とか皆さんの眼を楽しませることが出来るかなというのが本音であります。私も満七十四歳になりますし、これから先どこまで生きられるかも知れません。とにかくこの辺で海外シリーズで一回まとめておくのも無駄ではないと思って、出版に踏み切ったわけであります。（後略）

それから6年後、気骨稜稜、傘寿を記念した第3画集『旅を描く』を出版されました。編集後記には、〈私もこれから残り少ない人生をどうやって、何を生きがいに過ごしていったら良いのか、新たな模索が始まっております。〉と書かれています。傘寿を迎えた大井さんの「新たな模索」とは、さて何でありましょうか？

80歳前後の作品から順を追って見ていきましょう。

金賞の菊泰然と枯れてをり
蛇穴に八十年といふうつつ
接ぎ木して父晩節を全うす
風船売り月面歩むごと来たる

崩れ簗月すさまじく流れけり
鬼太鼓の止めの一打月へ打つ

「金賞の」と「蛇穴に」の句からは、80歳という大きな節目を迎えて、心の深奥を見据えようとする姿勢が窺えます。「崩れ簗」の急流に映る月の凄まじさも、「鬼太鼓」のとどめの一打を月へ打ち込む気魄も、大井さんそのもの、すなわち己れの生きざまを具象化したのだと思われます。

雨降れば雨の明るさ葉鶏頭

平成22年度NHK全国俳句大会において、高齢者を対象とした「年輪大賞」に輝いた句です。特選に取られた選者のお一人、廣瀬直人氏は、「雨の降る前と、今雨に濡れている紅さの違いに気付いた所に行き届いた目があります。」と評されました。

歩み来し道長かりき干鱈噛む

平成23年「百鳥」5月号の掲載句です。この年の3月11日、突如、東日本を襲った未曽有の大震災で、多くの人の命が奪われました。被災地の惨状を日日報道で見るにつけ、人の力ではどうすることも出来ない「運命」という二文字が重く伸し掛かってきたのではないでしょうか。この頃はしきりに来し方を振り返る句が多くなりました。

子規の忌の自画像の影青く塗る

棺に置くスコットランドの夏帽子

風の音水の音山眠りけり

原発の見ゆる北窓開きけり

夕花野微熱のごとき色残す

青春は戦火の最中鳥雲に

これまでの道のりを長かったと述懐するとき、心奥に横たわっている戦争という闇が頭を擡げてくるのです。

かくて平成24年11月、めでたく米寿を迎えられました。記念に出版された自分史『私の青空』には、21歳で所帯をもった奥様と一緒に米寿を迎えられたご夫妻の、満面笑顔の写真が巻末に添えられています。子供5人、孫7人という大家族が揃って開いてくれた祝賀会の一齣だそうです。

夢を追ふことが青春さくらんぼ
銀杏黄葉フィナーレはかく華やかに

今なお夢を追い続ける大井さんのフィナーレはまだまだ先のようです。

ここに平成26年元旦に届いた年賀状があります。いつもの素敵なスケッチ画（ドイツ・マインツ大聖堂）の絵葉書です。表書には新年の挨拶につづき、〈先般東京オリンピックのニュースを聞きまして、或いはもう一度オリンピックを見られるかなと、それには後七年は生きなければと、目標を定めた次第であります。今後とも皆さんの叱咤激励を受けながら、地域社会に奉仕を続けて参りたいと思っております。皆さんも、一緒に東京オリンピックを見ようではありませんか。〉と力強いエールが認められてあります。

サミュエル・ウルマンの詩の言葉を借りるまでもなく、〈年を重ねただけで人は老いない／理想を失う時に初めて老いがくる〉のだと、改めて教えられました。大井さんの燃える創作意欲を一歩一歩、前へ前へと押し進めて行く根底にあるものは何でしょうか。私は、権力に対する反骨心（無頼の精神）と遊び心ではないかと思います。

かつて、「てふてふや遊びをせむとて吾が生れぬ」（『群萌』）と詠った大石悦子氏が、〈遊ぶことも一生懸命にすれば一生懸命生きることに繋がる〈平16・11月号「俳句文学館」〉と、体験を通して得た言葉として発言されています。92歳を迎えられた大井さんの「一生懸命」は誰も真似のできない生涯をかけた真剣なものです。真剣に一生懸命、真っ直ぐ前を見据えて、大井さんの挑戦はまだまだつづいています。

大枯木天上天下無一物　（平27「百鳥」3月号）
ギアチェンジして十月を迎へけり　（平27「百鳥」12月号）

句集『風韻』のご上梓、おめでとうございます。

平成28年9月

比田誠子

あとがき

平成六年に、地元の文化活動や俳句の友人でもあった比田誠子さんから、大串章先生が「百鳥」という俳誌を主宰として創刊なさるので、一緒に参加しませんか、とお誘いを受けました。当時は、俳句結社が如何なるものかよく分からないまま入会を決めました。

入会してみて、皆様の俳句に向き合う真剣さに驚いた覚えがあります。以来私も仲間の熱気に刺激を受け、大串主宰のご指導や諸先輩の助言の下に、漸く俳句のおもしろさと奥深さを理解するようになりました。

「百鳥」に入会して二十年を過ぎ、私自身も九十二歳となりました。

せめて、生きてきた足跡を句集という形で残したいと考えるようになりました。

句集名『風韻』は巻末の句、

風の音水の音山眠りけり

から決めました。

私は東京の下町、浅草で生まれ育ちました。忙しい商売の家庭だったので、自然の野山などへ出かける機会もほとんどなく、農村風景や、自然のままの動物、植物に触れることなく過ごしました。残念ながら、自然を丁寧に写生した句が少ないと自分でも感じております。

私は俳句の他に、絵も長くやって参りました。スケッチ画のグループで、毎年五月にヨーロッパスケッチ旅行に出かけました。その際、スケッチとともに俳句も作ろうと思い立ち、ヨーロッパで詠んだ句を今回「海外俳句」としてまとめ、本句集の一つの章に致しました。また、スケッチ画の一枚であるノートルダム寺院の絵をカバー装画と致しました。

　今回の句集出版にあたりましては、大串主宰にはお忙しい中ご無理をお願いし、ご選句いただき、更に身に余る序文を頂戴し、深く感謝申し上げます。また句集を作ると決めた当初より、比田誠子様にはご親切なアドバイスを頂き、そのうえご丁寧な跋文をお書きいただき、ありがとうございました。また「文學の森」の編集部の方にもお礼申し上げます。

　この先自分にどれほどの時間があるかわかりませんが、死ぬまで俳句と付き合ってゆきたいと考えております。家族にはいろいろ迷惑をかけましたが、ありがとう。

平成二十八年十一月吉日

大井東一路

著者略歴

大井東一路（おおい・とういちろ）

大正13年　東京都浅草生まれ
平成６年　「百鳥」入会、大串章に師事
平成７年　「百鳥」同人

俳人協会会員

著　書　画集『奥の細道スケッチ紀行』
　　　　　　『ヨーロッパ画俳の旅』
　　　　　　『旅を描く』
　　　　自分史『私の青空』

現住所　〒270-2253　千葉県松戸市日暮3-19-22

句集

風《ふう》韻《いん》

百鳥叢書第九四篇
発　行　平成二十八年十一月十五日
著　者　大井東一路
発行者　大山基利
発行所　株式会社　文學の森
〒一六九-〇〇七五
東京都新宿区高田馬場二-一-二　田島ビル八階
tel 03-5292-9188　fax 03-5292-9199
e-mail mori@bungak.com
ホームページ　http://www.bungak.com
印刷・製本　モリモト印刷株式会社

ISBN978-4-86438-580-0　C0092